ТРОСТНИК

РЕКВИЕМ

レクイエム

アンナ・アフマートヴァ
木下晴世 編訳

РЕКВИЕМ

Анна
Ахматова

群像社

目次

葦

一九二四年—一九四〇年

私がそこで演じるのは全部で五幕

B・パステルナーク

もの思う葦がつぶやいている

F・チュッチェフ

渡したからにはお前のもの

Sh・ルスタベリ

本の献詞

M・ロジンスキイに

忘却《レーテー》の川を越えた影のような者から
世界が崩れるいまこのとき
この春の贈り物をうけ給え
このうえなきあまたの贈り物の返礼を
めぐる季節をこえて
揺るがず確かなまま
友愛と呼ばれる——
高き心の自由が
私に微笑んでくれるように　慎ましく
三十年前と同じように……
夏の庭の柵も
雪を被《かぶ》ったレニングラードも

さながらこの書物にあっては
魔法の鏡の薄闇からうかび出て
物想うレーテーのほとりで
蘇った葦がざわめきはじめるかのよう

一九四〇年五月二十八日　レニングラード　噴水邸

広々と大地のように匂う野生の蜜
花粉は日の光のように
菫《すみれ》の匂いは乙女の口もと
金は何の匂いも
水のように匂う木犀草《もくせいそう》
林檎の匂いは愛
けれど私たちは知った　永遠に
血は血の匂いしかせぬと……

甲斐もなくローマの代官は
両手を洗った　ありとある民草のまえで
賤民の不吉な叫びのもとで
またスコットランドの王妃は
甲斐なく狭い掌《てのひら》から

赤いしぶきを洗った
王の館の蒸暑い闇のなかで……

一九三四年　レニングラード

薄気味悪い月光がゆらめき
町はすっぽり毒の液のなか
一縷《る》の目覚めの望みもなく
青い靄《もや》を通して私が見るのは
幼年時代でも海でもなければ
連なる雪白の水仙のうえの
あのいつか十六年の……
番《つが》う蝶の舞いでもない
それは墓地に生えるあなたの糸杉の
永遠に凍りついた輪舞

一九二八年四月一日　レニングラード

白鳥を迎えによこしてくれなかったのかしら
それとも小舟か黒い筏《いかだ》を
あの人は十六年の春に
約束してくれた　すぐに帰ってくると
あの人は十六年の春に
言った　鳥になって飛んでくると
闇と死をぬってやすらぎのもとに
翼で肩に触ってくれると
私にはまだあの人の笑う眼がみえる
いま十六年目の春……
私に何ができよう！　真夜中の天使が私と
夜明けまで語らっている

一九三六年二月－三月　モスクワ（ナショーキン小路）

創造

いつもこんなふう　あるもの憂さ
耳で止まない時計の音
遠くで弱まってゆく雷鳴の轟き
だれとも知れぬ囚われ人の声が
哀願にも呻《うめ》きにも思えて
秘密の輪が狭まってくる
けれどこの数知れぬ囁きと響きの中から
一つの音が全てを制して立ち上がり
その周りは取戻しようもなく静かで
森で草が生え
大地を背嚢《はいのう》しょってさっそうと行くのが聞える……
けれどほら　もうことばと
軽やかな韻を踏む音が聞え――
私にも分るようになって

ただ書きとめた詩句が
雪のように白い頁に浮んでいる

一九三六年一月五日　レニングラード　噴水邸

あなたから私は心を隠してしまった
まるでネヴァ河に捨ててしまったように……
飼いならされ翼をもがれて
私はあなたの家で暮している
ただ……夜更けにきしるような音が
何だろうあれは？――よその薄闇の中に――
シェレメーチェフの家の菩提樹……
家の精の呼び交す声……
そおっと近づいてくる
水のざわめきのように
ひどく耳につく
禍《わざわ》いの不吉な囁きのように――
そうして呟《つぶや》いている　まるでことが
一晩中そこで運んでいるかのように

「おまえは心地よさを欲しがった
で　何処《どこ》にあるのだ　おまえの心地よさは？」

一九三六年十月三十日　レニングラード　夜

ボリス・パステルナーク

彼は自分で自分を馬の眼にたとえ
横目で見る　目を向ける　見えてきて気付く
ほらもう融けたダイヤモンドのように
燦《きら》めく水たまり　溶ける氷

薄紫のもやに憩う家畜小屋
プラットホーム　丸太　木の葉　雲
蒸気機関車の汽笛　西瓜《すいか》の皮の砕ける音
匂うキッドに包まれた臆病な手

響く　轟く　軋《きし》る　打ち寄せて砕ける
突然しずまる　それは彼が
こわごわ針葉樹林を通り抜けているから
空間の鋭敏な眠りを覚まさぬように

それは彼が粒を数えているから
空っぽの穂のなかで　またそれは彼が
呪われた黒いダリアルの墓石のもとに
とある埋葬から戻ったから

そうしてまたも胸を刺すモスクワの倦怠
遠くで響く破滅の小鈴……
誰がうろついているのか　家から二歩
雪が腰まであってすべてが終る処を

煙をラオコーンにたとえ
墓地の薊《あざみ》を称えたために
新しい空間に映し出された詩句の織りなす
新しい響きで世界を満たしたために

彼は何か永遠の幼さを授かり
あの惜しみなさと慧眼で照した
すべての大地を受け継ぎ
それを皆と分ちあった

一九三六年一月十九日　レニングラード

ある人は優しい眼差を交し
ある人は酒を酌み交して朝日を迎える
けれど私は夜もすがら話しあい
しずめがたい良心と向いあう

私は言う「あなたの重荷を負って
何年経ったろう」と
けれど良心には時間もなければ
空間もない

いままた黒い乾酪週《かんらくしゅう》の夕べ
不吉な公園　緩やかな馬の疾走
倖せと歓びに溢れた風が
天の断崖から吹き下りる　私のうえに

頭上にあるしずかな双角の
証人……あの場所に帰ろう
昔の〈気まぐれの小径〉を通って
白鳥と動かない水のところに

一九三六年十一月三日

ヴォローネジ

O・M

町はあまねく氷におおわれ
ガラスを被ったような樹木　壁　雪
クリスタルを踏むようにそおっと私は通りすぎた
絵模様のある橇《そり》の覚束《おぼつか》なげな疾走
ヴォローネジのピョートルのうえには烏と
ポプラ　太陽の塵《ちり》にぼやけてくもる
淡い早緑の空
クリコヴォの戦いの気配漂う
力強く勝ち誇った地平線
ポプラが触れ合う盃にも似て
その上でどっと激しくざわめくさまは
我らの喜びを祝い飲み干すかのよう
婚礼の宴で幾千もの客人が

ところが寵《ちょう》を失った詩人の部屋では
恐怖とミューズが交替で張番に立ち
夜が流れる
夜明けを知らない夜が

一九三六年三月四日

私はその上に身を屈めよう　杯に屈むように
そこにしるされた幾多の秘められた言葉——
血にまみれた私たちの青春の
それは黒い優しい知らせ

同じ空気を同じように奈落を見下ろして
私たちは息づいていた　いつかの夜
人気なく呼んでも叫んでも空しい夜に
あの不動の夜に

ああなんてきついクローヴの匂い
私がいつかそれを夢にみたのは
エウリディケーが道に迷い
エウローパを背に雄牛が波間をすすむところ

ネヴァ河を見下ろして私たちの影が

上へ 上へ 上へと駆けぬけ
階段にネヴァが打ち寄せるその場所で
それはあなたの不死への通行証となる

それはひと言も口にされなくなった……
部屋の鍵束
それは彼岸の野辺の客となった
竪琴の秘められた調べ

一九五七年五月五－十日　モスクワ／一九五七年七月五日　コマロヴォ

コーカサスの地

ここでプーシキンの流刑が始まり
レールモントフの流刑が終った
ここで山草はほのかに香る
一度だけ私も見ることができた
湖のほとりのプラタナスの暗い木陰に
あの日暮れ前の凄《すさ》まじい一刻
癒されぬ眼の輝きを
タマーラの不死なる想いびとの

一九二七年七月　キスロヴォック

画家に

私にはいつもあなたの仕事ぶりが目に浮ぶ
祝福されたあなたの作品
菩提樹の永遠に秋のままの金色
また今日創られたばかりの水の青さ

なんとまあ　ほんの微かなまどろみが
もうあなたの庭へと私をはこぶ
そこで角を曲がるたびに驚きながら
夢中であなたの足跡を探す

いま私が入ってゆくのは変容をとげ
あなたの手で空となった円《まる》天井の下だろうか
この嫌な熱がやわらぐように……

そこで私は永遠に祝福されたものとなり
火照《ほて》ったまぶたを閉じて
また新たに見いだす涙の恵み

一九二四年

幼い頃から私の好きだったあの町は
十二月のしじまのなかで
私の使い果された遺産のように
今日　私にはみえた

この両手に与えられ
かくもたやすく譲り渡されたすべて
熱い心　祈りの声音
また初めての歌の贈り物

すべては透明なもやとなって流れ
鏡の底で朽ちはてた……
ほら取り戻せないもののことを
鼻なしのバイオリン弾きが弾き始めた

けれど異国女の物見高さで
あらゆる目新しさに心を奪われ
橇が疾走するのを私は眺め
故国のことばを聞いていた

荒々しい生気と力強さで
倖せが顔に吹きよせた
まるで昔の懐かしい友が
私と玄関をのぼってくるように

一九二九年　ツァールコエ・セロー

ミューズ

夜その訪れを待つとき
命は一筋の髪に懸かる想い
誉れも若さも自由も無に等しい
笛を手にもつ愛しい客人のまえでは
ほら入ってきた　被りものをとって
注意深く私に目をむけた
「あなたですか ダンテに授けられた方は
地獄篇の頁を?」ときけば
「私です」と応えある

一九二四年三月ペテルブルグ（カザンスカヤ二番地）

最後の記念日を祝って
ねえ　今日は寸分違《たが》わず
私たちの最初の冬の――あの金剛石の――
雪の夜そのもの

皇帝の厩舎から湯気が立昇り
闇に沈むモイカ川
月の光もあいにく消えて
私たちどこへ行くのかも分らない

孫と祖父の霊廟のあいだで
さまよいでた　髪ぼうぼうの庭
獄舎のうわ言からぼおっと浮んで
外灯が弔うようにともっている

峨峨たる氷山におおわれたマルスの野

白鳥の運河はクリスタルガラスに……
誰のさだめが私と比べられよう
もしも歓びと恐怖が心にあるなら

そうして震えてる　不思議な小鳥のように
あなたの声が私の肩で
突然の光に温められて
粉雪があたたかく銀色にひかる

一九三九年七月九日―十日

呪文

獄舎の門のなかから
オフタの向うの沼から
人の通わない道を
刈り取られたことのない草地を
夜の国境をくぐりぬけ
復活祭の鐘のもとで
呼ばれもせず
定められもせず
この夕べの食卓にやって来い

一九三六年四月十五日　レニングラード

ソネット

決してあの精妙な画家ではない
ホフマンの夢を刻んだ――
あの遠いもはや見知らぬ春のなかから
目に浮ぶのは慎ましいおおばこ

至る処に生い茂り町を緑で被い
広い階段を飾っていた
そうして自由な詩の松明《たいまつ》をかかげ
プシケーが私の棟に戻ろうとしていた

四番目の中庭の奥では
樹の下で子らが舞い踊っていた
一本足の手風琴に浮かれて

命がありとある限りの鐘を打ちならして……
荒れ狂う血潮が私をあなたのもとへ導いていた
すべてのひとに定められた唯一つの道を

一九四一年一月十八日　レニングラード

私は要らない　押寄せる頌《しょう》歌も
悲歌の趣向の魅惑も
思うに詩にはいつも不都合がなくてはならぬ
人々とちがって

いつあなたは知るだろう　どんな泥の中から
恥ずかしげもなく詩が生い立つのか
塀の下の黄色いタンポポのように
ゴボウやアカザのように

腹立ちの叫び　タールのきつい匂い
壁の上の神秘的な黴《かび》……
するともう詩が響いている　熱く優しく
あなたには喜び　私には苦しみとして

一九四〇年一月二十一日

ダンテ

Il mio bel San Giovanni.
Dante

彼は死んだ後も戻らなかった
古《いにし》えのおのがフィレンツェには
去るときもふり返らなかったひと
かのひとに私はこの歌をうたおう
松明　夜　最後の抱擁
敷居の向うで運命の凄《すさ》まじい号泣
彼は地獄から女に呪いを送ってよこし
天国にあってもその女が忘れられず
それでも裸足で改悛のぼろを纏《まと》い
燃える蝋燭を手に通ることもなかった
おのが望みのフィレンツェを
背信の　卑しい　久しく待ちのぞんだ……

一九三六年八月一日　ラズリフ

クレオパトラ

I am air and firer…

Shakespeare

アレクサンドリアの宮殿を
甘い影がおおった

プーシキン

もうアントニウスの冷たい唇に口づけた
もうアウグストゥスのまえに跪《ひざまず》いて涙をそそいだ……
召使らが裏切った　鳴り響く勝利のラッパ
ローマの鷲のもとにひろがる夕闇
その美しさの最後の虜《とりこ》が入ってくる
すらりと高いひとはうろたえて囁く
「女奴隷としてお前を……凱旋行進でわたしの前を……」
けれどかたむけた頬は白鳥のように穏やか
明日は子らも鎖に繋がれよう　おおなんと僅かなことか

この世で女のすることは　下僕とふざける
そうして黒い蛇を別れの哀しみのごとく
無頓着な手で浅黒い胸におく

一九四〇年二月七日

かくも容易《たやす》く命を捨てて
無分別に苦もなく燃え尽きようとは
だがロシアの詩人には
そんな明るい死はかなえられぬ
おおかたは弾丸が翼もつ心に
天の境界を開くか
それともしゃがれた恐怖が毛深い手で
胸から海綿のように命を絞りだす

二十年代の始め　一九二五年（?）

柳

それから古びた木の束
プーシキン

私の育ったところは綾なすしじま
若い世紀の冷んやりした子ども部屋
人の声には親しめず
風の声と語りあった
私はゴボウが好きだった　それからイラクサが
でもなによりも好きだったのは柳
それを知ってか柳は
死ぬまで私とともにあり　咽《むせ》び泣く枝を垂らして
眠られぬ女を夢で包んでくれた
奇妙なことに私はそれよりも生きのびた
そこには切株が突き立ち　聞きなれぬ声で
別の柳が何かつぶやいている

故国のあの空の下で
そうして私は黙っている……
兄を亡くした人のように

一九四〇年一月十八日　レニングラード

ナールブトの詩について

N・Khに

それは不眠の搾りかす
それは傾いた蝋燭の燃えがら
それは幾百もの白い鐘楼の
朝一番の一打ち……
それは温かな窓の敷居
チェルニゴフの月の下の
それは蜜蜂　それは白萩
それは埃で闇で暑さ

一九四〇年四月　モスクワ

詩群《青春》より

私の若々しい両手が
調書にサインした
花屋の屋台と
蓄音機の軋《きし》る音の間で
ガス燈の
歪んで酩酊した視線の下で
私はその時代より
十歳だけ年上だった

落日にかかる
白い山桜の喪服は
はらはら散る
匂やかな乾いた雨とみえ……

透ける雲は
対馬の血の泡を想わせた
四輪馬車はすべるがごとく
今日の死者を乗せて走った……

私たちにはあの宵は
仮面舞踏会か
謝肉祭
大宴会か　お伽噺の世界……

あの家は木片ひとつ残らず
並木道も伐り倒され
帽子も靴も
博物館で眠っている
だれが知ろう　空の虚ろさを
倒れた塔の上の

だれが知ろう　家の静けさを
もう息子の戻らない

お前は執拗に良心のように
空気のように私から離れず
なぜ責任を問うのか
お前の証人は分っている
それはパーヴロフスク駅の
楽隊で灼熱する円《まる》天井と
バーボロフ宮殿の
たてがみ白い滝《カスケード》の水

一九四〇年〈五月三日〉／一九四〇年〈九月二十九日〉

記憶の地下室

おお記憶の穴蔵よ

フレブニコフ

全く馬鹿げてる　悲しみにくれ
想い出が私を苦しめるなんて
けれど時折り私は記憶の客に招かれ
彼女はいつも私を迷わせる
ランプを手に地下室に下りてゆくと
またうつろな崩れが
もう狭い階段に響く心地がする
ランプが燻《くすぶ》り戻りもできず
知っている　行先はあそこ　敵のところだと
私は案内を請う　どうか……けれどそこは
暗くて物音ひとつしない　私の祝日は終っていた！
ご婦人方が見送られてもう三十年になる

老いてあの剽軽者《ひょうきん》も逝った……
間に合わなかったのだ　なんと運の悪い！
私には顔を出すところもなくて
それでも私は壁の絵に手を触れ
暖炉で暖まっている　なんと不思議な！
この黴《かび》　このむっと燻る煙をぬって
エメラルドが二箇蒼く光ってみえて
にゃおーと猫が鳴いた　さあ帰ろう！

でも私の家は何処《どこ》？　私の理性は何処に？

一九四〇年一月十八日

こんなふうに暗い魂は飛び去ってゆく……
「私のうわ言なんかに　あなた　耳をかさないで
あなたが立ち寄ったのはほんの偶然
どんな期限にも縛られてはいない
もう少し私と此処《ここ》にいてくれる
覚えてるかしら　一緒にポーランドにいたこと
ワルシャワでの最初の朝を……あなたは誰？
二人目　それとも三人目のひと？」「百人目だ」
「でも声がまるで前とちがう
私何年も望みをだいて生きてきたの
あなたが戻ってくると　でも悔やんでる

私はこの世ではもう何も要らない

ホメロスの雷鳴もダンテの奇跡も
もうすぐ幸せの岸辺に出てゆくから

トロイも落ちずエアバニも死なず
みんなかぐわしい霧のなかに消えた

緑なす柳の蔭で眠りたかったのに
この音がうるさくて眠れやしない

あれは何？　山から戻る家畜の群？
でも涼気が顔に吹きよせてこなかった

それとも聖体をはこぶ司祭？
でも星くずが空に　夜の帳《とばり》が山にかかってる……

それとも民会に呼ばれた群衆かしら？」
——「いや　これはお前の最後の宵だ」

一九四〇年三月一日－二十日　一九四〇年〈十一月七日〉

人が死ぬとき
その肖像は変る
瞳はちがった眼差をたたえ
ちがった笑みをうかべる
私はある詩人の埋葬から戻って
そのことに気が付いた
それから何度も確かめてみて
私の推測は確証された

一九四〇年一月二十一日レニングラード／一九四〇年三月七日レニングラード

二行詩

他人の褒めことば　それは灰
あなたならそしりさえ　褒めことば

一九三一年春

最後の乾杯

私は荒れはてた家のために飲もう
不幸な私の人生のために
二人居の孤独のために
またあなたのために飲もう
私を裏切った唇の嘘のために
その眼の死人の冷たさのために
世間が無慈悲で粗野なことに
神がお救いくださらなかったことに

一九三四年七月二十七日

何週間　何か月いや何年もの間
別れようとしたすえにほらやっと
紛うことなき自由の冷たさ
白髪の額のうえの冠

もう心変りも裏切りもなく
夜明けまであなたは聞くこともない
ほとばしる奔流のような言葉を
比べようもない私の正しさを証《あか》す

一九四〇年〈十一月七日〉一九四一年

決裂の日にはいつも
初めての日の幻が戸を叩いた
銀色の柳が押し入った
その枝の白い壮麗さとともに

取り乱して痛ましく奢《おご》り高ぶり
地面から目を上げようともせぬ私たちに
小鳥が歌いはじめた　倖せにみちた声で
ふたり互いに守ってきたもののことを

一九四四年九月二十五日

一九四一年三月のレニングラード

メンシコフの館《やかた》の 日時計《カドラン・ソレイユ》
波を上げて通りすぎる汽船
おお　この世で見慣れたものがあろうか
巻揚機の燦《きら》めきとこの水の反映ほどに！
割れ目のような黒い路地
電線にとまっていた烏
そらで覚えてしまった散歩の
塩《しょ》っぱい味もさほどのことはない

一九四一年三月〈？〉

スタンザ

銃兵の月　モスクワ川の向う　夜
十字架行のように歩む受難週の時計……
恐ろしい夢をみる　本当に
誰も　誰も　誰も私を助けられないのか？

クレムリンに居てはならぬ——改革者は間違ってはない
そこではまだ昔の残虐さの細菌が蠢《うごめ》いている
ボリスの途方もない恐怖と全てのイワンの悪意が
また僭称者の尊大さが民の法に代って

一九四〇年四月　モスクワ

REQUIEM
レクイエム

1935－1940

否　異国の空の下ではない
また他人の翼の蔭でも
そのときわが民とともに私がいたのは
不幸にもわが民のいたその場所だった

一九六一年

序にかえて

エジョフの恐るべき歳月を私はレニングラードの獄舎の前の列に並んで十七箇月間過した。ある時だれかが私を「見分けた」。そのとき私の後ろに立っていた真っ青な唇のある女が、無論私の名を知るはずもないのに、私たちにつきものの呆然自失からふと我に返ると、私の耳元で囁いた。（そこでは誰もがささやき声で話した。）

「このことをすっかり書くことができますか？」

私は言った。

「できますとも」

すると何か微笑みのようなものがかつてその人の顔であったあたりをかすめた。

一九五七年四月一日　レニングラード

献辞

この悲しみを前にして山並は身をたわめ
大いなる川は流れず
しかし獄門の閂《かんぬき》は固く
その向うは〈徒刑の穴蔵〉
死の憂悶
誰のために風は爽やかに吹き
誰のために入相《いりあい》の空は色づく——
私たちはそれを知らずどこにいようと同じ
聞えるのはただ厭わしい鍵の軋る音と
兵士らの重い足音
朝早い礼拝に行く如く起き出し
荒れはてた都を行って
死者よりもさらに息をひそめて人と会う

陽は低く　ネヴァ河に昏《くら》く霧垂れこめ
なおも遥かに希望はうたう
宣告が下る……どっと涙溢れ
もはやすべての人から引き離され
あたかも痛みに生命を心臓からもがれ
どっと仰《あお》のけに倒されたかのよう
それでも行く……よろめく足で……ひとり……

私の狂ったような二年間を心ならずも
共に過ごした仲間はいま何処にあり
シベリアの吹雪に何を想い
月下に何を見ているだろう？
彼女らに私は別れの挨拶を送ろう

一九四〇年三月

序曲

それは安らぎを得た
死者だけがほほ笑むときであった
そうしておのが獄舎の傍らで用もない添え物のように
レニングラードが揺れていた
苦しみに気がふれ
群がりひしめく受刑者が行くとき
短い別れの歌を
汽笛がうたっていた
死の星々が頭上にあり
罪なきルーシは
血塗られた長靴と
黒いマリヤのタイヤの下で身をよじっていた

〈一九四〇年一月三十一日〉

1

あなたは夜明けに連れ去られた
あなたの後を出棺を送るように私は追いすがった
暗い部屋では子らが泣き
聖像棚では蠟燭がろうを垂らしていた
あなたの唇にあたる聖像の冷たさ
額にうかぶ死の汗　忘れるものか！
私も銃兵の妻たちのように
クレムリの櫓《やぐら》の下で泣き叫ぶのだ

一九三五年

2

静かに静かなるドンはたゆたい
黄色い月は家に入る

帽子をかたむけ家に入ると
黄色い月は影をみる

この女は病気です
この女はひとりです

夫は墓に　子は牢に
祈って下さい　私のために

一九三八年

3

いいえ私じゃない　苦しんでいるのは別の女《ひと》
私にできるわけがない　あのことには
黒い幕を掛けてランプもあっちへやって下さい……
夜

一九三九年

4

お前に見せてやりたいものだ
あざけってばかりいた皆の人気者
ツァールスコエ・セローの陽気な罪人だったお前に
やがてその身に起ることを――
差入れを手に三百番目の女として
十字獄のそばに立ち尽して
おのが熱い涙で
新年の氷を焼くのを
あそこでは獄舎のポプラが梢をゆらし
もの音ひとつしない　そこで幾多の
罪なき生命が絶えようとしていることか……

一九三八年

5

十七箇月というもの叫んでいる
戻っておいでとお前を呼んでいる
刑吏の足元に身を投げだして
お前は息子で私の禍《わざわ》い
何もかもこんがらがってもう金輪際
見分けもつかぬ
だれが獣で人間やら
幾日刑を待つのやら
あるのはただ壮麗な花々と
手提《てさげ》香炉の響き　何処《いずこ》ともなく
続いている足跡
そうしてひたと私を見据え

迫りくる死を告知する
巨《おお》きな星

一九三九年

6

軽やかに幾週か過ぎて
何が起きたのかもわからない
牢にいるお前を　息子よ
白い夜々はどんなふうに眺めたろう
いままたどんなふうに
猛々しく燃える眼でみているだろう
そびえるお前の十字架と
死のことを語っているだろう

7 宣告

石の言葉が投げつけられた
私のまだ生命のかよった胸のうえに
なんてことはない　覚悟はしてきた
これも何とか切り抜けられるはず

私は今日はすることが山ほどある
想い出をひとつ残らず死なせること
心を石にしてしまうこと
もう一度生き方を覚えること

さもなければ……　夏の燃えるような葉ずれの音
窓の外はさながら祝日のよう

私はもうずっと前から知っていた　この
明るい一日と人気のない家を

一九三九年夏

8　死に向って

どうせ来るものならどうして今で悪かろう
私は待っている　もうどうにもならない
灯を消して扉を開けたのは
お前を迎えるため　そんなにもありふれて不思議この上ないものを
ガス弾で押し入るなり
鉄あれいを手に盗人みたいに襲ってくるなり
毒の煙で窒息させるなり
それはお前の好み次第
それとも皆いい加減聞きあきた
お前の作り話のひとつもあれば
空色の帽子の端や
恐怖で血の気の失せた管理人がみられようが
私にはもうどうでもよいことだ　エニセイが逆《さか》巻き
北極星が輝く

愛しい両眼の青い光を
最後の恐怖が覆ってゆく

一九三九年八月十九日　噴水邸

9

すでに狂気はその翼で
魂の半ばを覆っていた
そして炎の酒を振舞い
黒い谷へと手招きする

私には分っている　あれに
勝ちを譲らねばならぬこと
自分のもう自分のものとも思われぬ
うわ言に聞き耳をたてながら

あれは何ひとつ許そうとしない
私が心に秘めて立ち去るのを
（どれほどあれに懇願し
哀訴を尽して頼もうとも）

息子の恐ろしい二つの眼——
石と化した苦しみ
禍《わざわ》いが訪れたその日
牢獄での面会のとき

愛しい両手の冷たさ
菩提樹の不気味な影
遠く聞える微かなひびき——
最後に聞いた慰めの言葉さえ

一九四〇年五月四日　噴水邸

10　磔刑

「われを泣き給うな
墓で見給える母よ」

I

天使のコーラスが大いなる時をたたえ
天空が炎と燃え立ったとき
「なにゆえわれを捨て給いし！」と父に言い
「おお　われを泣き給うな……」と母に言い給うた

一九三八年

Ⅱ

マグダラのマリヤが胸を打って号泣し
愛する使徒が石と化したそのとき
ことば失せて母の立ち給えるかたに
眼をやるものは誰ひとりなかった

一九三九年

エピローグ

I

私は知った　どのようにして人々の顔が痩せこけ
どのようにまぶたの下から恐怖が顔をのぞかせ
どのように楔形文字の苛酷な頁を
苦しみが頬の上に刻み出すかを
どのように灰色まじりの黒髪が
みるまに銀髪と化すかを
ほほ笑みが従順な唇の上で枯れしぼみ
ひからびたくすくす笑いの中で恐怖がわななくかを
私が祈るのは私ひとりのためではない
私とともにあそこで立ち尽したすべての人のため
酷寒のときも七月の炎熱にも
盲目の紅《あか》き壁の下で

Ⅱ

ふたたびその日がめぐってきて
私は見る　聞く　感じている

窓口までやっとのことで運ばれたひと
ふるさとの土を踏むことさえできないひと

美しい頭を振って
「家に戻ってくるみたいにしてここに来るの」と言ったひと

ひとりひとりの名をあげたいが
手帳は奪われて知るすべはもう何処にもなくなった

彼女らのために私が織ったひろい経帷子は
彼女らから聞いた痛ましい言葉で綴られている

いつどこにあっても彼女らを想い
またあらたな苦難の時もきっと忘れまい

もしも一億の民が叫ぶ
この口が疲れ果て押し塞がれるなら
彼女らもまた私を想い出して欲しい
私の弔いの前夜に

いつかこの国で
私の記念碑を建てようとするのなら

そのことに異存はないけれど

ひとつだけ条件がある　それを建てるところは
私の生まれた海辺でもなく
海との絆は最後の一本まで断たれている
またツァールスコエの庭園の秘められた切株の傍でもない
影が諦めきれずに私を探しているだろうけれど
それはここにして欲しい　三百時間立ち尽しても
私には閂《かんぬき》が外されなかったこの場所に

私が至福の死のなかにやすらいで
黒い車のうなりを忘れないように
おぞましい扉がぴしゃりと閉じて呻いた
老婆の傷ついた獣のような号泣を忘れないように

動かぬ青銅のまぶたより
流れる涙となって溶けはじめた雪は流れ
遠く獄舎に巣くう鳩が鳴き
しずかにネヴァの河面を船がすべらんことを

一九四〇年三月十日頃　噴水邸

訳　註

詩のタイトル下の番号はジルムンスキイ編詩人文庫版、丸括弧内はカラリョーヴァ編作品集のもの。略称の『覚書』はL・チュコフスカヤ『アンナ・アフマートヴァ覚書』（二〇一三年）、『六つの詩集より』は一九四〇年五月に出て十月末に没収されたアフマートヴァの詩集、『時の疾走』はアフマートヴァ最後の詩集『時の疾走』（一九六五年）、「作品リスト」は一九四五年から四六年にアフマートヴァの口述ないし著者の自筆稿に基づいてN・ディラクトルスカヤが作成したタイプ稿の作品リスト、『最後の詩人』はR・ティメンチク『最後の詩人。一九六〇年代のアンナ・アフマートヴァ』（二〇一四年）、『手帳』はアフマートヴァ晩年の『手帳』（一九九六年）、「後書き」はミュンヘン二版『レクイエム』の「後書き」を示す。略号のあとの数字は頁、ないし巻数−頁を示す。

レクイエムの異文表示に使った各版の略号は以下の通り、配列はテキストのおおよその成立時期（漢数字）による。

M1　ストルーヴェ編ミュンヘン版レクイエム（1963）六二年十二月
Анна Ахматова, Реквием, Товарищество зарубежных писателей, Мюнхен, 1963.（北大スラブ研究センター蔵書の複製）

S　ストルーヴェ・フィリッポフ編国際文学協会版作品集第一巻（1965）M1＋著者書込み。六五

年
Анна Ахматова, Сочинения, т. 1, Inter-Language Literary Associates, 1965.

M2　ストルーヴェ編ミュンヘン二版レクイエム（１９６９）Ｍ１＋著者書込み。六五年
Анна Ахматова, Реквием 1935-1940, Товарищество зарубежных писателей, Мюнхен, 1969.（ウェブ公開資料）

KM　カラリョーヴァ編作品集第四巻（１９９８）所収国立公文書館レクイエム手稿。Ｍ１＋著者書込み。六三年以降。

J　ジルムンスキイ編詩人文庫版『詩と詩篇』（１９７７）
Анна Ахматова, Стихотворения и поэмы, (Библиотека поэта), Советский писатель, Ленинградское отделение, 1977.

T　トマシェフスカヤ蔵十月版レクイエム（１９８７）六三年春
Анна Ахматова, Реквием 1935-1940, *Октябрь*, 1987 №3, стр. 130-135.

C　チュコフスカヤ編ネヴァ版レクイエム（１９８７）六三・六四・六五年
Анна Ахматова, REQUIEM 1935-1940, *Нева*, 1987 №6, стр. 74-79.

KP　クラーリン編作品集（１９９０）所収アフマートヴァ記念館レクイエム手稿。六四年六月
Анна Ахматова, Сочинения в двух томах, т. 1, Правда, Москва, 1990.

KE　カラリョーヴァ編作品集（２０００）六四年

Анна Ахматова, Собрание сочинений в шести томах, тт. 1-4, 1, Эллис Лак, Москва, 1998-2000.

G　音声資料（You Tube）。六五年

Голос Ахматовой "Реквием", https://www.youtube.com/watch?v=P--7yKgBfro&spfreload=5

葦

頁

9　本の献詞　300（479）初出一九四三年『選集』。制作日は「作品リスト」よる。

アフマートヴァはミハイル・レオニードヴィチ・ロジンスキイ（一八八六－一九五五年）と一九一〇年代に知り合った。彼はユーリイ・トゥイニャーノフとともにアフマートヴァの詩集『六つの詩集より』（一九四〇）を編集している。

10　〈広々と大地のように匂う…〉314（423）初出『東洋の星』一九六六年六号。日付はロシア国立図書館著者稿による。

「ローマの代官」ポンティ・ピラトはキリストの処刑に責任がないことを示そうとして人民の前で「手を洗った」。

「スコットランドの王妃」マクベス夫人は夫に人殺しを唆して狂ったように手から血を洗い流そうとした。

13 〈薄気味悪い月光が揺れ…〉304（415）初出『六つの詩集より』、詩群〈十六年〉。日付は「作品リスト」による。ニコライ・ヴラジーミロヴィチ・ネドブロヴォ（一八八一－一九一九年）に捧げられている。アフマートヴァは一九一六年秋にバフチサライでネドブロヴォと最後に逢って別れた。ヤルタに彼の墓地がある。（木下晴世「飛び去った白鳥たち」『えうゐ』一九九五年二七・二八号参照。）

14 〈白鳥を迎えに…〉308（428）初出『六つの詩集より』、詩群〈十六年〉。日付は「作品リスト」、製作地は著者稿による。

この詩はボリス・アンレプ（一八八三－一九六九年）に捧げられている。アフマートヴァは一九一六年二月十三日にネドブロヴォの家でアンレプに黒い指輪を贈り、後で十字架を貰った。木下前掲書参照。

15 創造 333（434）初出『文学グルジア』一九六七年五号。プラン『第七詩集』では十篇の詩をまとめた詩群〈手仕事の秘密〉の最初に置かれている。日付は「リスト」、製作地は著者稿による。

17 〈あなたから私は心を…〉310（432）初出『レニングラード』一九四〇年一二号。日付は「作品リスト」と国立文書館著者稿による。

「シェレメーチェフの家の菩提樹」はシェレメーチェフ邸（フォンタンカ運河の近くにあるので噴水邸＝フォンタンヌイ・ドームと呼ばれた）の庭の菩提樹。アフマートヴァは一九二六年にその邸宅にあった夫ニコライ・ニコラエヴィチ・プーニン（一八八八－一九五三年）の住い（レニングラードのフォンタンカ沿岸通り三四番地）に移り、一九五二年一月までそこで暮した。この詩が書かれた頃すでに二人の関係は冷たくなっていた（『覚書』、一-一九五から一九六）。

19 ボリス・パステルナーク 311（426） 初出『レニングラード版プラヴダ』一九三六年十一月二六日号、『星』一九四〇年三-四号。日付は「リスト」による。アフマートヴァは一九二二年一月にボリス・レオニードヴィチ・パステルナーク（一八九〇-一九六〇年）と知り合った。「空間の鋭敏な眠りを覚まさぬように」もとは「蛙の眠りを覚まさぬように」となっていたがパステルナークが気に入らず、書き変えられたという（『覚書』、一-一七）。

20 「ダリアルの墓石」コーカサス地方のダリアル渓谷にある寺院の墓石。「埋葬」一九三〇年のマヤコフスキイの埋葬だろう。「煙をラオコーンに」たとえる比喩はパステルナークの詩篇『十五年』の《父たち》の章にある。

22 〈ある人は優しい眼差を…〉309（433） 初出『レニングラード』一九四〇年二号。日付は「作品リスト」による。著者稿に「N・V・N（ネドブロヴォ）の想いでに」という献辞がある。「黒い乾酪週の夕べ」ボリス・アンレプから十字架をもらい、ネドブロヴォを裏切ることになった「背信の日」は一九一六年二月、乾酪週（精進期前の一週間、マースレニツァ）の頃である。木下前掲書参照。

23 「双角の証人」ロシア語で双角の月といえば三日月のこと。「〈気まぐれの小径〉」はツァールスコエ・セローの公園にある。

24 ヴォローネジ 312（429） 初出『レニングラード』一九四〇年二号。日付は「作品リスト」と著者稿による。献辞のイニシャルはオシプ・マンデリシュターム（一八九一―一九三八年）。アフマートヴァは一九三六年の春、追放されてヴォローネジにいたマンデリシュタームを訪ねた。

「ピョートル」ピョートル一世の像。

「クリコヴォの戦い」十四世紀にロシア軍がタタール軍を破ったクリコヴォの戦場はヴォローネジから近いドン川支流の河口近くにあった。

26

「太陽の塵《ちり》」ダイヤモンドダストのこと。零下一五度以下の晴れた日に発生するという。

〈私はその上に身を屈めよう…〉342（2-196）初出『詩集』（一九六一年）。表題、献辞はなく三、四連のみ。詩群〈手仕事の秘密　六〉。『時の疾走』は〈手仕事の秘密　九〉。『東洋の星』一九六六年六号で全五連が初めて「〈死者の冠〉より」と題して掲載。V・ヴィレンキン、M・レースマン蔵コレクションの著者稿に「一九五七年五月五‐十日」、「一九五七年七月五日」の日付、『時の疾走』手稿には「O・M」（オシプ・マンデリシュターム）の献辞がある。

「その上に」マンデリシュタームの手稿の上に。アフマートヴァはこのとき彼の手稿を選り分けて回想録を書きはじめていた。「マンデリシュターム」（一九五七年七月）カラリョーヴァ編作品集第五巻所収『日記断章』参照。

「エウリディケー」「エウローパ」こうした神話的形象は、一九一一年にマールイ劇場でメイエルホリドが上演したグリュックのオペラ『オルフェウス』の彼岸の野に舞う「エウリディケー」やV・A・セローフの絵画「エウローパの誘拐」（一九一〇年）など、革命前夜の芸術作品に感化されて着想されたものかもしれない。同じ形象がマンデリシュタームの詩にもみられる。

28 コーカサスの地 303（411）初出『レニングラード』一九四〇年二号。日付は「作品リスト」による。アフマートヴァは一九二七年七月二日から二十六日までキスロヴォツクのサナトリウムに滞在した。

29 「タマーラ」はレールモントフの詩篇『デーモン』のヒロイン。

31 画家に 302（404）初出『レニングラード』一九四〇年二号。日付は『時の疾走』による。

33 〈幼い頃から私の好きだったあの町は…〉305（417）初出『六つの詩集より』。日付は『時の疾走』による。

34 ミューズ 301（403）初出『六つの詩集より』。アフマートヴァは、一九二三年十一月から一九二四年三月まで、女優オリガ・スデイキナ（一八八五―一九四五年）の部屋があったレニングラードのカザンスカヤ通り二番地四号に居住登録している。

〈最後の記念日を祝って…〉313（446）初出『星』一九四〇年三・四号。テキストは『時の疾走』、日付は「作品リスト」による。この詩は初めヴラジーミル・ゲオルギエヴィチ・ガルシン（第一医科大学教授、病理学者。一八八七―一九五六年）に宛てて書かれた。アフマートヴァは一九三〇年代に彼と知り合い、彼の妻が亡くなった後で求婚されて承諾する。しかし一九四四年に疎開先から戻ってふたりの関係が決裂すると、「一九三九年」の日付が「一九三八年」に、「楽しい記念日を祝って」は「最後の記念日を祝って」に、献辞もニコライ・プーニン宛に書き変えられた。

「皇帝の厩舎」はモイカ川とエカテリンスカヤ運河の間の厩舎広場にある。

「孫と祖父の霊廟のあいだで」一八八一年三月一日、パーヴェル一世の「孫」アレクサンドル二世が殺された場所に建立された血の救世主教会と一八〇一年に「祖父」パーヴェル一世が殺されたミハイロフスキイ城の間にミハイロフスキイ庭園がある。

「マルスの野」はミリオンナヤ通り、レビャジヤ小運河、モイカ川に囲まれた広場。

35 「白鳥の運河」マルスの野と夏の公園を区切っているレビャジヤ小運河。

36 呪文 307（430）初出『時の疾走』。日付は一九四六年の『奇数Ｉ』のプラン草稿と「作品リスト」による。ニコライ・ステパノヴィチ・グミリョーフ（一八八七―一九二一年）の誕生日に書かれている。
「オフタの向う」はグミリョーフが処刑され埋葬された場所として言及されているようだが、革命後の混乱に乗じて国家転覆を図ったとされるタガンツェフ事件の加担者の処刑と埋葬の地は、メモリアル協会の調査によってルジェフスキイ砲兵射撃場であることが確認されている。イレナ・ベルブロフスカヤ『アンナ・アフマートヴァのペテルブルグ』（二〇〇二年）一一九頁参照。

37 ソネット 331（492）初出一九四三年『選集』。初出の表題は「詩集〈おおばこ〉の献詞」。日付は「作品リスト」による。
「精妙な画家」『おおばこ』を装丁したＭ・Ｖ・ドブジンスキイ（一八七五―一九五七年）。

「四番目の中庭」アフマートヴァはオリガ・スデイキナ（一八八五―一九四五年）やアルトゥール・

ルリエ（一八九二―一九六六年）とフォンタンカ沿岸通り十八番地二八号、通りから入って四番目の棟に住んでいた。最終連はA・ルリエのことであろう。

39 〈私は要らない　押寄せる頌歌も…〉334（461）初出『星』一九四〇年三・四号。詩群〈手仕事の秘密二〉。テキストと日付は『時の疾走』と『覚書』（一―七三）による。

40 ダンテ 320（431）初出『六つ詩集より』。日付は「リスト」による。エピグラフは「わがうるわしのサン・ジョバンニ」（『神曲』地獄篇第十九歌第十七行）。「サン・ジョバンニ」はフィレンツェにあるサンタ・マリア・デル・フィオーレ大聖堂付属のサン・ジョバンニ洗礼堂。ダンテ・アリギエリ（一二五六―一三二一年）は詩人であるにとどまらず、フィレンツェの政治活動家でもあった。政争によって一三〇二年に生まれた町を追われ、一三一五年に公開の場で悔悛することを条件に戻ることを提案されたが、拒絶して追放されたまま死んだ。

41 クレオパトラ 321（464）初出『文学的同時代人』一九四〇年五・六号。日付は「作品リスト」による。二つのエピグラフはシェークスピア『アントニーとクレオパトラ』（五幕二場）とプーシキンの詩「クレオパトラ」の一節。

43 〈かくも容易く命を…〉（406）初出『高揚』（ヴォローネジ）一九六八年三号。日付は一九五九年末の『詩選集』の草稿による。草稿や詩集のプランなどに「エセーニンの想い出に」と題するものがある。パーヴェル・ルクニツキイによれば、これはニコライ・グミリョーフの死を契機として書かれたが、製作日や表題でカモフラージュされているという。エセーニンの自殺は一九二五年十二月二十八日だが、その年の二月二十五日には国立アカデミー合唱団《カペッラ》のホールでこの詩が朗読されているからである（P・ルクニツキイ『アクミアナーアフマートヴァとの出会い』一-二五から三六）。

44　柳　322（459）初出『星』一九四〇年三・四号。日付は「作品リスト」による。エピグラフはプーシキンの「ツァールスコエ・セロー」からとられている。

「私はゴボウが好きだった…」アフマートヴァはツァールスコエ・セローで過ごした少女時代を回想して家の前のベズィメンヌイ小路には「夏になると雑草が繁茂し壮麗なイラクサや巨大なゴボウが生えた」と書いている。ちなみに日本ではゴボウといえば根の部分だが、ロシアでは大きな葉を指す。

46　ナールブトの詩について　340（473）初出『わが同時代人』一九六〇年三号。草稿の日付。詩群〈手仕事の秘密　八〉。ヴラジーミル・イヴァノヴィチ・ナールブト（一八八八-一九三八年）は《詩人組合》の同人でアクメイスト。弾圧されてラーゲリで死んだ。アフマートヴァとは一九三〇年代に知り合っている。草稿の表題下にあった献辞のイニシャルN・I・Kh（ニコライ・イヴァノヴィチ・ハルジエフ、文学研究家、批評家、アフマートヴァの友人、一九〇三-一九九六年）はその後削除されている。恐らく彼女はハルジエフによって以前はさほど関心をもっていなかったナールブトの詩に注意を促されたのであろう。

「チェルニゴフの月の下」ナールブトはチェルニゴフ県ナルブトフカ村の生まれ。

47　詩群《青春》より　323（475）初出『レニングラード文集』（一九四五年）。日付は『覚書』（一-一〇一から一〇二）に記された朗読の記事による。

48「対馬の血の泡」一九〇五年五月の対馬沖におけるロシア艦隊の敗北は十五歳のアフマートヴァに大きな衝撃を与えた。

「あの家」詩人が「小さな例外を除いて十六歳まで」暮らしたシュハルディナの家は一九〇五年に破壊された。

49「パーヴロフスク駅」のホールでは避暑の季節に毎週コンサートが開かれ、革命前ペテルブルグの知識人に好評だった。

「バーボロフ宮殿」は一七八三年にエカチェリーナ二世の寵愛を受けたG・A・ポチョムキンのためにツァールスコエ・セローに建てられた。

「たてがみ白い滝の水《カスケード》」人口の滝、水階段。細く白い水の流れが馬のたてがみにみえた。

50 記憶の地下室 324（460）初出『モスクワ』一九六六年六号。日付は「作品リスト」による。エピグラフはフレブニコフの詩「森の不気味さ」（一九一四年）より。N・プローニンが実験的芸術や新しい美学のプロパガンダの場として創設したカフェ《野良犬》は「地下室」が詩人たちのサロンになっていた。

「もう三十年」《野良犬》は第一次大戦初めの一九一四年秋に閉鎖されているので、この行は一九四四年に書かれたものかもしれない。

「あの剽軽者」《野良犬》の常連詩人で劇作家のミハイル・クズミンだろう。彼は一九三六年に死んだ。

51「私の家は何処?」アフマートヴァは第二次大戦中の一九四一年八月三十一日にボリス・トマシェフスキイ一家に身を寄せ、その年の九月二十八日にタシケントに疎開した。

52〈こんなふうに暗い魂は…〉325(466)初出『ラジオとテレビ』一九六六年十三号。日付は『覚書』(一—九三)による。

53「エアバニ」古代東方叙事詩『ギルガメシュ』の主人公の友人で勇士。エアバニに辱められた女神イシュタルが送った死病で死ぬが、ギルガメシュが地の果ての地獄に降りて友の命を取り戻そうとする。『ギルガメシュ』は、ヴラジーミル・シレイコ(二番目の夫。東洋学者。一八九一—一九三〇年)もニコライ・グミリョーフも(逐語訳で)翻訳している。エアバニは誤った読みによる名前で、一般の呼び名はエンキドゥ。

55〈人が死ぬとき…〉326(462)初出『星』一九四〇年三・四号。日付は「作品リスト」と著者自筆の書込みによる。

56二行詩 306(420)初出『星』一九四〇年三・四号。日付は「作品リスト」による。

57最後の乾杯 329(422)初出『時の疾走』、詩群〈決裂 三〉。日付は「作品リスト」による。ニコライ・プーニンに宛てたもの。

58〈何週間　何か月…〉327(489)初出一九四三年『選集』、『星』一九四五年二号、詩群〈決裂 一〉。恐らくN・プーニンに宛てたもの。

59 〈決裂の日にはいつも…〉328（2-89）初出『星』一九四四年七・八号、詩群〈決裂 一二〉。日付は「作品リスト」による。『時の疾走』では、詩群〈決裂〉の二番目の詩の下に「一九四〇年－一九四四年」、三番目に「一九三四年」と記されている。M・クラーリンはこの詩が一九四四年六月に別れたヴラジーミル・ガルシンに宛てて書かれたと考えているが、先の二つの詩とともに詩群に纏《まと》められていることから、ニコライ・プーニンに宛てたものとも言える。一九四四年五月末にアフマートヴァは疎開先からレニングラード戻り、駅に出迎えたV・ガルシンに案内されてルィバコーフ一家に身を寄せるが、六月にガルシンと別れて噴水邸に移り、プーニンの住いで彼の一家と暮らした。

60 一九四一年のレニングラード 332（494）初出一九四三年『選集』、『星』七・八号。日付は表題による。

「メンシコフの館《やかた》」はピョートル一世の盟友アレクサンドル・ダニロヴィチ・メンシコフ（一六七三－一七二九年）がヴァシリエフスキイ島のネヴァ沿岸通りに建てた建物。

「日時計」メンシコフの館に隣接する旧幼年学校の建物正面にあった。

61 スタンザ（474）初出『ロシアキリスト運動通報』一九六九年九三号。日付はロシア国立図書館手稿による。

「銃兵」十六－十七世紀ロシア最初の常備兵。ピョートル一世（一六七二－一七二五年）の時代に反乱を起こした。

「十字架行」正教会で復活祭週などに大きな十字架を掲げて行進する教会の儀式。

「受難週」復活祭前の大斎週。

「改革者」ピョートル一世と考えられる。

「ボリス」皇位継承者ドミートリイを殺害して権力を取ったボリス・ゴドゥノフ（一五五一－一六〇五年）。

「全てのイワン」イワン四世（雷帝、一五三〇－一五八四年、一五四七年にモスクワ大公）と前任者のイワン一世（カリタ、一三四〇年没）とイワン三世（一四四〇－一五〇五年）。

「僭称者」皇太子を僭称してゴドゥノフのあと皇帝の座についた偽ドミートリイ（一六〇六年没）。

レクイエム

64
「否　異国の空の下ではない」これは一九六一年に作られた詩の第三連である。第一連、二連は以下の通り。

だから訳なく共に苦難の中にあるわけではない／希望はなくとも一度なりと息がつけたら／寄っていき――票を投じて／心安らかに私は道を続けた
私が汚れていなかったからでなく／主の前の蠟燭のように／彼らと共に転げ回っていたから／刑吏の血にまみれた人形の足元で

65　序にかえて
「エジョフの恐るべき歳月」ニコライ・エジョフが内務人民委員を務め、大量弾圧が行われた一九三〇年代末。特に一九三七年から一九三八年。

「十七箇月間」息子レフが逮捕された一九三八年三月十日からシベリアの収容所に向う一九三九年八月十九日まで。

66　献辞（3-491）日付は各版と『覚書』（一－八六）による。
「徒刑の穴蔵」プーシキンの「シベリアの坑道深く…」（一八二七年）に「どんなふうにして君たちの徒刑の穴蔵に／／届くだろう　この自由の声は…」という一節がある。
67　「朝早い礼拝」正教会の早朝の奉神礼。朝六時に一時課が行われる。
「狂ったような二年間」十字獄の前に差入れをもって並んだ十七箇月（『覚書』、一－一三五）。
68　序曲（1-463, 3-492）日付はカラリョーヴァ版国立公文書館レクイエム手稿による。この詩は一九六二年十二月のタイプ印刷の際に初めて組み込まれた。
「群がりひしめく受刑者が行くとき」A・ソルジェニーツィンは『レクイエム』を聞きおえて「残念なことにあなたの詩では一つの運命しか語られていない」と言ったという。アフマートヴァは驚いてこの言葉を私に伝えながら「一つの運命で百万の運命は伝えられないって？　レクイエムのエピローグは百万の運命ではないって？」と言い返したが、後に「苦しみに気が触れ／群がりひしめく受刑者が行くとき」という二行を含むこの詩を加えたのは、彼の指摘を考慮したからだろう（『覚書』、二‐五七六から七頁）。

「ルーシ」ロシアの古称。ロシアの民として擬人化されている。

「黒いマリヤ」囚人護送車のこと（「黒い烏」ともいう）。

〈異文〉一行目「安らぎ」／「無意識」（『覚書』、一‐七六）。

69　1（1-424, 3-492）日付はカラリョーヴァ版国立公文書館レクイエム手稿による。

「あなた」アフマートヴァの三番目の夫ニコライ・プーニン。一九三五年十月二十二日に息子レフと共に逮捕された。

「子ら」先妻とプーニンの子ども。

「銃兵」一六九八年にピョートル一世によって千二百人の銃兵が鎮圧され、処刑された。

〈異文〉三行目「暗い部屋」／Tのみ「狭い部屋」。

70　2（1-441, 3-492）日付はクラーリン版アフマートヴァ記念館レクイエム手稿による。

この詩は息子レフが白海・バルト海運河の収容所に送られた一九三八年十二月三日以降に書かれたもののようである。

エンマ・ゲルシュタインはレフのためにコンデンスミルクの缶と二百ルーブリをアフマートヴァに渡したが、どういうわけかそのときレフは判決が出るまえに白海運河に送られて獄舎に居なかったという。「アンナ・アンドレーエヴナは殆んど横たわったまま枕から頭を起すことも出来ず、《静かに静かなドンはたゆたい……》と新しい詩をつぶやいていた。私はこれが将来の『レクイエム』になろうとは思ってもみなかった。」（E・ゲルシュタイン『思い出の記』第十四章「余計な愛」、一九九八年参照。）

「ドン」ドン川はクリコヴォの戦場（九四頁参照）近くを流れている。

一九三八年十月の面会でレフが別れ際につぶやいた「私は最初の戦士でも最後でもない／祖国の病いは長かろう」という言葉は、ニコライ・グミリョーフが戦地で撮って妻に贈った写真の裏に記されたブロークの詩句（『クリコヴォの野にて』）だった。「アンナ・アフマートヴァに　私は最初の戦士でも最後の戦士でもない／祖国の病は長かろう／早課で祈っておくれ／愛しい友、ものしずかな妻よ　一九一四年十月八日…」。（R・ティメンチク「アフマートヴァの《レクイエム》の起源に寄せて」『新文学展望』一九九四年八号参照。）

「夫」最初の夫ニコライ・グミリョーフのこと。彼は「タガンツェフ陰謀」を捏造されて一九二一年八月三日に逮捕、二十五日に処刑された。

71　3　316（1-449）初出は『モスクワ』一九六六年六号に単独で。日付は「作品リスト」では疑問符が付いて「一九三九年？-」、クラーリン版アフマートヴァ記念館レクイエム手稿では「一九三九年」となっている。

72　4（1-442, 3-492）日付はカラリョーヴァ版国立公文書館レクイエム手稿による。

「十字獄」はペテルブルグ最大最古の監獄の一つ。十字形をした五階の赤煉瓦の建物（アルセナル沿岸通り五番地）。
〈異文〉九行目「あそこでは」／Tのみ「どんなに」。

73　5（1-450, 3-492）日付はカラリョーヴァ版国立公文書館レクイエム手稿による。
「刑吏の足元に身を投げだして」刑吏はアフマートヴァの詩ではスターリンを指す。エピグラフの元の詩の第二連四行目「刑吏の血にまみれた人形の足元に」（『覚書』、二-一九六）参照。
〈異文〉九行目「壮麗な花々」／「埃を被った花々」M1、S、M2
　八行目「幾日刑を待つのやら」／「私が妹なのか母なのか」（『覚書』、二-一五〇八）

75　6（1-444）日付はカラリョーヴァ版国立公文書館レクイエム手稿による。一九三九年二月から五月までロシア最高裁軍事部会でレフの追加審議が行われていた。

76　7（1-445）初出『星』一九四〇年三・四号。単独で表題はなく「一九三四年」の日付で。同じく一九四三年『作品集』一〇五頁。日付はカラリョーヴァ版国立公文書館レクイエム手稿と「奇数」草稿による。アフマートヴァは一九三九年七月二十八日にこの詩をチュコフスカヤに読んで聞かせている。
「宣告」一九三九年七月二十六日の調書二二号に「グミリョーフ、レフ・ニコラエヴィチ、反ソ活動と煽動の罪で矯正収容所五年」とある。（A・ラーズモフ「審理と尋問Ⅱ」、『アフマートヴァ文集』、二〇〇六年、三〇二頁参照。）

〈異文〉最終行「明るい一日と人気のない家」／「最後の一日と最後の家」（『覚書』、一-一三八）

77 8（1-447, 3-493）どの版にも書かれている「一九三九年八月十九日」という日付はレフがノリリスクに発った日である。

「ガス弾」第二次大戦中のフィンランドとの戦争の前に「化学兵器」に備えて住民に防毒マスクが配布された。

「空色の帽子」国家保安部（ゲーペーウー）の作業員は空色の帽子と襟章を身に着けていた。

「エニセイ」息子レフはエニセイ河から九十キロ東のノリリスク地区の収容所に送られた。

〈異文〉二行目「私は待っている」／「やって来るがいい」（『覚書』、一－五〇九）

一三行目「エニセイは逆巻き」／KMのみ「エニセイは流れ」

80 9（1-477）初出は『作品集』（一九四三年）。「友に」という表題で。チュコフスカヤによれば、一九四三年にこの詩の原稿を渡したときにアフマートヴァが獄舎での面会を綴った第三連を削除したので編集部はこれを愛の詩だと思ったという（『覚書』二－四八三）。一九四〇年五月六日にアフマートヴァはこの詩をチュコフスカヤに読んで聞かせ、詩は出版社の絶え間ない電話が鳴るなかで書かれたと言った。その後五月の終り頃に詩集『六つの詩集より』が出て、十月二十九日に没収される。すでにこのときアフマートヴァの頭上には暗雲が垂れ込め、やがて一九四六年八月十四日、共産党指導部ジダーノフによる「いかにこのアフマートヴァの《ふしだらが神に栄光あらしむ祈りとともに》世に現れたのか」という有名な言葉となってふりかかることになる。

81〈異文〉四連三行目「その日」／Gのアフマートヴァの朗読では「その夜」となっている。

による。

82　10－Ⅰ　318（1-443, 3-493）初出は『作品集』（一九七四年）。日付は「作品リスト」と『時の疾走』による。

「われを泣き給うな…」受難週土曜日に歌われる聖歌、第九イルモスの一節。「われを泣き給うな、墓で見給える母よ、腹に種失くして息子を宿された方よ、私は蘇り、神のように信仰と愛によってあなたを称える者たちを讃美し、栄光をもって絶えることなく称えましょう。」アフマートヴァの手帳一一四番（六二〇頁）の一九六五年四月二十一日－二十二日（旧暦四月八日－九日）頃のメモ参照。この年の受難週土曜日は四月十一日である。

「母に言い給うた」磔刑の場面でイエスが母マリヤに語りかけるのはヨハネ伝（十九章二十六－二十七節）のみである。

〈異文〉エピグラフ「見給える母よ」／「私はいます」M1、S、M2、J、T、C。聖歌イルモス第九歌に基づく修正である。

83　10－Ⅱ（319/1-443）初出『時の疾走』。日付も同じ。

「愛する使徒」ヨハネのこと。

「ことば失せて母の立ち給えるかたに」磔刑を見守る母マリヤに言及しているのはやはりヨハネ伝（十九章二十五節）だけである。ここでは息子と母の悲劇、息子の苦しみと死を見守る母の悲劇が描かれ、聖書から離れたアフマートヴァ独自の視点がみえる。（S・V・ブルディン「A・アフマートヴァの《レクイエム》における聖書の形象と主題」、『文献学研究』二〇〇一年六号、ペルミ、参照。）

84　エピローグ―Ⅰ　一九四〇年一月三十一日にアフマートヴァがチュコフスカヤに覚えているかどうか確かめようとして見せたメモにこの詩が含まれている。
「盲目の紅き壁」十字獄の赤い壁のこと。

85　エピローグ―Ⅱ（1-471, 3-494）日付はカラリョーヴァ版国立公文書館手稿による。

87　「秘められた切株」死んだニコライ・グミリョーフのこと。「柳」（本書四四頁）参照。

86　「彼女らのために私が織ったひろい経帷子」は「被うもの」であり、正教十二大祭の聖母庇護祭、別名ポクロフ祭（旧暦十月一日）の「被い布（ポクロフ）」から連想される庇護者＝聖母の形象が作者に重なってみえる。
「黒い車」は囚人護送車。「序曲」の「黒いマリヤ」参照。
〈異文〉一五行目「彼女ら」（古い三人称複数女性代名詞が使われ、これによって女性であることが強調されている。）／「彼ら」M1、S、M2、KM、T、C、KP。
　一六行目「弔いの」／「命日の」M1、S、M2、KM
二九行目「ぱたんと」／「ぴしゃりと」C、KP、G

解説　『葦』と「レクイエム」について

1　『葦』

詩集『葦』は、『主の年』以後十七年間続いた沈黙の中で構想され、一般には一九四〇年の『六つの詩集より』の冒頭の章の表題である「柳」という名で知られている。それは草稿の幾つかのプラン、あるいは出版された詩集の一章ないし一部として存在するだけで、独立した詩集としては出版されていない。

ここに訳出した『葦』のテキストはカラリョーヴァ編六巻本作品集の第四巻に収められたものである。これは大方のプランと違って作品が年代順に配列されていない。そこにこの詩集を作ろうとした作者の意図をみてとることができるように思う。

レクイエムを含む『葦』の作品群が書かれた一九二四年から一九四〇年は、アフマートヴァにとって苛酷な時代だった。夫グミリョーフの銃殺とブロークの自殺に続くエセーニンとマヤコフスキイの自殺、詩人として青春を共にした親友マンデリシュタームの国内追放と流刑地での死。

姉イーヤ、母インナの死、息子レフの逮捕と投獄、シベリア送り。自らも二番目の夫シレイコと別居して離婚、身を寄せて共に暮らしたアルトゥール・ルリヨ、オリガ・スデイキナが亡命して、その頃に会ったニコライ・プーニンとも苦しい恋をしたあげく、意に反して前妻一家との同居暮らしを強いられる。非公開の決定によって作品の発表が禁じられ、収入の道が断たれたまま、キーロフ暗殺後の激化するテロの中で住まいも宿もない放浪者のようなその日暮らしが続いていた。

詩集はこうした現実に拮抗してか、緊密で力強い構造をもって作られている。

ニーナ・ゴンチャロヴァは、『主の年』に続く六番目の詩集『葦』は表題をはじめとしてその構成全体が意味をもつという。詩集の表題は、密かな悪事が行われた場所に葦が生え、その葦で作った笛の唄で罪悪が露見するという東方伝説に由来している（L・チュコフスカヤ『アンナ・アフマートヴァ覚書』一巻一五三頁）。古代神話に遡る東西の様々な民話で知られたこのテーマは、悪を暴く芸術の力を表現しており、詩集は《隠された悪事》の摘発というモチーフが軸となって作られている。

M・ロジンスキイに捧げられ、さながら詩集のいま一つのエピグラフともなっている「本の献詞」は、「物想うレーテーのほとりで／蘇った葦がざわめきはじめるかのよう」という二行で終わり、続く詩で「血は血の匂いしかせぬ」と言明される。続いてのちに未来の詩群〈死者の冠〉に入る一連の詩によって様々なモチーフが奏でられ、抒情的愛や創造と生をめぐる物想いのなかで、アフマートヴァの友人や同時代人、迫害され、銃殺され、亡命を余儀なくされた詩人や画家や音楽家たちを想って書かれ、密かに捧げられた詩が次々に姿をみせる。ここでは悔悛を拒んで死ぬまで生まれた町に戻らなかったダンテも、誇りと勝者への軽蔑以外に何ももたないクレオパトラも偶然でなく、終り近くで「記憶の地下室」、「柳」、「詩群《青春》より」が滅びた過去への回帰という記憶のテーマを一層強く鳴り響かせ、「スタンザ」の恐るべき現実を悲劇的総括として詩集は終わる。

アフマートヴァがこの詩集に大きな意味を与えていたことは、N・I・コンラッド所蔵の『六つの詩集より』にある一九五七年の著者自筆の書き込みやM・S・レースマン文庫の同じ詩集の修正によって確認できるという。冒頭の章の表題「柳」が詩集本来の呼び名である「葦」に書き変えられ、詩人の考えでは、この詩集を開くべき「本の献詞」のテキストが「柳」の章から移されて前とびらの裏に書き込まれている。しかしこの書き込みが行われた時までに『葦』の作品群は別の詩群に移されるか、公刊はかなうまいとの考えから収録されず、『葦』は詩集として残らなかった（N・ゴンチャロヴァ『アンナ・アフマートヴァの《本の運命》』二四三―二四五頁）。

冒頭に置かれ、表題となる伝説の「葦」がよみ込まれた「本の献詞」と、末尾で全体を締め括る「スタンザ」の制作年代から、詩集『葦』は一九四〇年春に構想されたと考えられる。一方、レクイエムも同じ年の冬から春に物語の枠となる献辞と序曲、二つのエピローグが書かれていて、同じ時期に詩篇として全体の輪郭が整ったことがわかる。

2 「レクイエム」

「レクイエム」は検閲で発表が禁じられ、二、三の作品が単独に詩集に入るだけで、その存在は長いあいだ隠されていた。しかし『葦』のあるプランで、「レクイエム」がまとまった詩群として詩集の最後に置かれているものがあることと、作品の書かれた時期や内容の関連性から考えて、レクイエムは詩集『葦』の重要な構成部分であったと言えると思う。

「レクイエム」の最初の詩は、三番目の夫N・プーニンと息子レフの逮捕を契機として一九三五年十月に書かれた（「1 あなたは夜明けに連れ去られた」）。その後一九三八年に「2 静かに静かなるドンはたゆたい」（十二月）、「4 お前にみせてやりたいものだ」（秋―一九三九年一月、六行目「十字獄のそばに……」、八行目「新年の氷を……」参照）、「10 磔刑―I 天使のコーラスが大いなる時をたたえ」が書かれ、一九三九年には七月二十六日の宣告をうけて夏に「7 宣告」、七月から八月にかけて「5 十七箇月というもの……」が、また息子がシベリアに送られた八月十九日には「8 死に向かって」が書かれ、さらに「10 磔刑―II マグダラのマリヤが……」が書かれている。

「エピローグ I」は、日付は判明していないが、チュコフスカヤ『覚書』の一九四〇年一月三十一日の記事（一―七五）に「レクイエム」の詩として表題が挙げられている。

これらの詩を詩篇としてまとめあげる過程で一九四〇年三月に「献辞」と「エピローグⅡ」が書かれると、五月に「9すでに狂気はその翼で」が加えられて、詩群の全体的構成が整う。

その後、一九五七年に「序にかえて」が書かれ、それから一九六一年に書かれた詩の第三連「否　異国の空の下ではない……」がエピグラフに添えられて、詩篇『レクイエム』が完成する。

「レクイエム」は作者の生前は発表できず、二十年間作者と作者に近い幾人かの人の記憶の中に保存された。一九六二年十二月中頃から密かに原稿の写しが国内で流布しはじめ、一部は国外に出て、一九六三年に作者の承認を得ずにドイツで出版されている（年表参照）。

ソヴィエト国内では、雑誌にも、その後刊行された詩集にも発表はできず、作者の死後漸く一九八七年に初めて、ゾーヤ・トマシェフスカヤとリディヤ・チュコフカヤによって、雑誌『十月』三号と『ネヴァ』六号に発表された。

武藤洋二も指摘している通り、詩篇『レクイエム』は夫や息子のために差入れをもって十字獄の前で並ぶ女たちに捧げて書かれている（武藤洋二『詩の運命』一六六－一七〇頁）。

それはこの物語の枠を作っている「献辞」と「エピローグⅡ」の「私の狂ったような二年間を心ならずも／共に過ごした仲間」（ロシア語は「女友だち」の意）、「彼女らに私は別れの挨拶を送ろう」という言葉、さらに「彼女らのために私が織ったひろい経帷子は／彼女らから聞いた痛ましい言葉で綴られている」、「もしも一億の民が叫ぶ／この口が疲れ果て押し塞がれるなら／彼女らもまた私を想い出してほしい」という女たちに語りかける言葉からも読みとれると思う。

最晩年に近い時期の異文で男女共通の三人称代名詞「彼ら／彼女らoni」に代えて、女性であることを強調するために古い女性代名詞「彼女らone」（「エピローグⅡ　十五行目」）が使われていること、「10　磔刑」で物語の焦点が聖母マリヤの嘆きに置かれているのをみても、著者の意図は明瞭である。

既訳（邦訳文献参照）では、武藤洋二、草鹿外吉以外の訳者では、「その友たちに」（「献詞」）、「その人たち」（エピローグⅡ）（江川卓訳）、「その女《ひと》／人たち」（エピローグⅡ）（安井侑子）というように、筆者の語感もあろうが、この点必ずしも明確に訳されていないように思う。『アンナ・カレーニナ』におけるアンナの偏った描写でトルストイを批判し、『犬を連れた奥さん』の主人公グーロフの言葉を借りて男たちを「低級な種族」と呼んだことでアフマートヴァのフェミニストぶりは明らかだが、『レクイエム』ではまた違った「フェミニスト」アフマートヴァの側面が見てとれるように筆者は思う。なお翻訳にあたってはカラリョーヴァ編六巻本作品集の一巻－四巻を使用した。

最後に「レクイエム」に関わる年表と邦訳文献、主な参考文献を添えて、拙いこの解説を終えたいと思う。

年表

使用文献

A・アフマートヴァ『手帳』六六六頁(一九六五年夏頃)。

L・チュコフスカヤ『アンナ・アフマートヴァ覚書』一－三巻(二〇一三年)。

R・ティメンチク『最後の詩人。一九六〇年代のアンナ・アフマートヴァ』一－二巻(二〇一四年－二〇一五年)。

G・ストルーヴェ「後書き」、ミュンヘン版『レクイエム』(一九六九年)。

一九三五年十月　N・N・プーニンと息子レフの逮捕。アフマートヴァ、スターリンに手紙で「私たちは皆未来のために生きています。私はこんな汚名を自分に残したくはありません」と書き送る。九日目に戻る。(『手帳』)

一九三八年三月十日　息子レフの二度目の逮捕。監獄の前の行列の始まり。ヴォイノヴァ(シュパレルナヤの未決監獄)から十字獄、移送監獄、ラーゲリへ(『レクイエム』着想)。(『手帳』)

一九三九年　息子レフの二度目の審理。最終的にノリリスクに五年流刑の判決。流刑中に第二次大戦になり前線に志願。(『手帳』)

この年から翌年にかけてのアフマートヴァの様子をチュコフスカヤの『覚書』が以下のように伝えている。

〈……〉行列の女たちは黙って佇むか、囁きながら「来た」、「捕まった」と曖昧な言葉を交わした。

アンナ・アンドレーエヴナ〔アフマートワ〕はうちに来るとやはり囁き声で『レクイエム』の詩を読んでくれたが、噴水邸の自分の部屋では囁くことさえためらった。

突然話の最中に黙り込むと、私にむかって天井と壁に目配せして紙きれと鉛筆をもつ。それから大きな声で「お茶は要りませんか?」とか「とてもお疲れのようね」と当たり障りのないことを言って、それから紙に走り書きをして、私に差し出す。詩を読んで記憶すると、私は黙って彼女に返す。「漸く秋になりましたね」と大きな声でアンナ・アンドレーエヴナが言い、マッチを擦って灰皿で紙を燃やす。それは手とマッチと灰皿がおこなう儀式、美しく痛ましい儀式だった。(『覚書』序文)

(一九四〇年一月三十一日)

今日は朝からアンナ・アンドレーエヴナが「来てちょうだい!」と電話してきた。髪をとかし、(殆ど黒に近い暗青色の)首飾りをしていた。ペチカが燃えていた。「早く起きたの、それとも眠っていないの」と尋ねると、「眠っていないの」という答え。

プーシキンの『モーツアルトとサリエーリ』の中の「レクイエム」について長い会話。

――プーシキンではなく、これは『レクイエム』の暗号である。実は、ＡＡ（アフマートヴァ）はこの日、『レクイエム』を書いて手渡し、私が全部覚えているか確かめたのだ。このとき詩群に入っていたのは、「あなたは夜明け前に連れ去られた」、「静かに静かなるドンはたゆたい」、「お前にみせてやりたいものだ／嘲ってばかりいた皆の人気者」、「十七箇月というもの私は叫んでいる」、「軽やかに幾週か過ぎて」、「宣告」、「死に向って」、「天使の群れが偉大なる時を褒め称え」、「私は知った　どのようにして人々の顔が痩せこけ」……。「いいえ私じゃない　苦しんでいるのは別の女」があったかどうか覚えていない、また「静かなドン」についても確信がない。

〈……〉それから沈黙がおとずれた。静かに快くペチカがぱちぱち音を立てていた。「私が詩を全部記憶すると、ＡＡはそれをペチカで燃やした。」


（三月三日）

それから彼女（アフマートヴァ）はプーシキンの「レクイエム」で新しく見つかった詩を読んでくれた。――これは暗号でプーシキンは関係がない。「月下」（つまり『レクイエム』の「献辞」のこと）。

（五月六日）

またもや部屋着、ソファー、くしゃくしゃの毛布、櫛も入れずもつれた髪の毛。つい二日前にはあんなに若々しくみえて、着飾り、勝ち誇っていたとは信じがたい。黄ばんでやつれて老けた顔。足が痛むとこぼしている。〈……〉口をつぐんで、いつもの儀式を行った。「菩提樹の不気味な影」を書いて読ませ、『レクイエム』の「すでに狂気の翼が」を灰皿で焼いた。

私はすぐさまなにもかも理解した。黄ばんだ顔色、くしゃくしゃの髪、不眠の理由を。「昨夜にこれを?」「いいえ、昨日の午後。出版社からひっきりなしにかかる電話のベルをききながら。」

（五月二十日）

AAはお気に入りの、破けて脚の欠けた肘掛椅子に座ると、自分流に両手を広げてプ、ー、シ、キ、ンの「記念碑」を読んでくれた。囁き声で。私たちをそばに座らせ、プーシキンではなく自分の『レクイエム』のエピローグを。トゥーシャ〔タマーラ・G・ガッペ〕が言った。

「こんな言葉があります。『パンのように空気のように必要だ』。いま私は言いましょう。ことばのように必要だと……すみません、アンナ・アンドレーエヴナ、でもあなたもこれを書かれたあなたでもそれがどんなに必要かご存じありません。あそこ（ラーゲリ）にいたことがないからです。誰にとっても本当に幸せなことに……けれど私はあそこにいた自分を覚えています。人々の顔や夜を……もし彼らがあそこでこの詩があることを知ることが出来たら……でも彼らが知ることは決してないのです。どれほどの口が閉ざされ、どれほどの目が閉じたか。永遠に……」

ちょっと黙りこんで、「ありがとう」とアンナ・アンドレーエヴナが言った。

一九四五年秋　息子レフ、前線から帰還。

一九四九年十一月六日　息子レフの捜査と三度目の逮捕。すぐさまモスクワに移送。ラーゲリに懲役十年の判決。

一九五三年三月五日　スターリン死去。

一九五六年　第二十回共産党大会後にアフマートヴァの名誉回復。五月十五日、息子のモスクワ到着。五月十三日、ファジェーエフ自殺。

一九六二年十一月十六日　『新世界』十一号にソルジェニーツィン『イワン・デニーソヴィチの一日』掲載。

この年のアフマートヴァの様子をチュコフスカヤの『覚書』は以下のように伝えている。

（五月二十七日）

アンナ・アンドレーエヴナは冬のもう季節外れになった粗いウールのスカーフと重いコートを着て、隣りに座った。日差しが落ちくぼんだ目の下の影を濃くし、唇の皺を目立たせ、口の周りの皺を際立たせていた。

彼女は耳を傾け、私は自分で繰り返し何度も暗記した詩を読み上げた。彼女はスカーフの結び目をほどいてコートの前を開けた。私の声に聴き入り、樹や自動車を見て黙っていた。私は最後まで（『レクイエム』を）全部読みおえた。これを書きしるすおつもりですかと尋ねると、「さあ」と彼女が答え、それでいまはまだ書けないことが分った。「あなたの他に覚えていなくてはいけない人は七人います」。

私はほぼ機械的に行を数え直し、この詩篇の背後にあるすべてが心の中で蘇った。……「十七箇月というもの叫んでいる／戻っておいでとお前を呼んでいる」……

どうやら『レクイエム』の試験に合格したようだ。

（十月三十日）

私を迎えに出てすぐ彼女（アフマートヴァ）はいま住んでいるマリヤ・セルゲーエヴナ（ペトローヴィフ）の部屋に案内すると、早速前日に知り合ったソルジェニーツィンのことを話しはじめた。〈……〉「私（アフマートヴァ）が読んできかせると……彼は『そうです。私はあ

なたが黙っているわけでなく何か発表できないものをお書きになっていると思っていました』と言いました。」〈……〉

お茶を飲みながら突然アンナ・アンドレーエヴナ（アフマートヴァ）が『レクイエム』の「献詞」を一行忘れてしまったと言って、最初の行を読んで黙りこんだ。私が「死者よりもさらに息をひそめて人と会う」と続けると、彼女は喜んで晴々した顔で、「そうそう、その通りよ！」と言い、それから重々しく「『レクイエム』を覚えているのは十一人、誰も裏切っていない」と言った。

読みあげながら私が、「エピローグ」を思いだそうとするといつもどこか途中で迷ってしまうと言ってこぼすと、すぐに立ち上がってマリヤ・セルゲーエヴナ（ペトローヴィフ）が私のためにタイプしてくれた。（ああ生きてこんなに幸せになれるなんて！　タイプ稿の『レクイエム』だなんて！）

アンナ・アンドレーエヴナが眼鏡をかけて署名してくれた。署名「アンナ・アンドレーエヴナ」に「一九四〇年三月十日頃。噴水邸／一九六二年十月二十九日。モスクワ」と書き添えて……お茶をいっぱい飲んで、気遣ってもらい、プレゼントをもらって私は立ち去った。カバンにはタイプした『レクイエム』の「エピローグ」……もう私の記憶ばかりかカバンの中にまで。

（十一月十一日）

隣の部屋でニカ（グレン）がタイプしていた。アンナ・アンドレーエヴナがニカに手伝ってもらって新しい詩集を作り、そこに三〇年代の詩と『レクイエム』の断片も入るという。詩集の名は『時の疾走』という。

（十一月十六日）

彼女（アフマートヴァ）はニカに声をかけて、ソヴィエト作家社に渡す詩集のために選んだ作品のリストを私に見せるようにと頼んだ。全部で九十六篇。私が『レクイエム』の「死に向かって」を入れてはとすすめ、それで「どうせ来るものなら」が加わって九十六篇になった。〈……〉「私はレニングラードには帰りません」とＡＡ（アフマートヴァ）が言った。「『新世界』十一号を手にするまで。新しい時代を確信したいから。雑誌でソルジェニーツィンを見たらすぐ帰ります……」

（十二月二日）

「ちがう！　まったく悪くなんかない。『イワン・デニーソヴィチの一日』が躍り出た以上、どうか『レクイエム』もじき出ますように」

（十二月九日）

オクスマン（ユリアン・グリゴーリエヴィチ）が八時に来るので、七時に来て欲しいとアンナ・アンドレーエヴナが電話してきた。行くと一大事。『レクイエム』が清書されていた。タイプで数部も！　つまり奇蹟が確かなったわけだ。『レクイエム』はなくならない。私のように暗記している七人か十一人が一度に死んでも。私はニカのタイプした頁をうやうやしく手に取った。もうしなくていい、しなくていいのだ。この言葉を灰皿で燃やさなくても。言葉は出ていっても捕まらず、《人々の心を焼く》だろう。新しい情報はエピグラフだった。「否　異国の空の下ではない／また他人の翼の蔭でも／そのときわが民とともに私がいたのは／不幸にもわが民のいたその場所だった」〈……〉けれど驚いたことに、オクスマンは「何があっても、どこの編集部にも、『レクイエム』は渡してはなりません……読めば《ああ、やっぱり四六年の決定は正しかったわけだ！》と大喜びしますから」と言った。

一九六二年十二月中頃　アフマートヴァ自ら『レクイエム』を公開。アカデミー会員ヴィノグラードフが「この詩群は民衆的なものだ」と言った（『最後の詩人』一―二三八）。同じ頃、ミハイル・アルドフが内緒で写した『レクイエム』の原稿をA・ザパドフ教授に渡す。ミュンヘン版『レクイエム』が出るとアフマートヴァは「ミーニキン（ミハイル）のしわざ」と言ったという。彼がもらった『レクイエム』タイプ稿の上書きには「ミハイル・アルドフに――詩は四半世紀近く私の記憶の底にあったが、彼にとって再び皆のものとなる日のために」と書かれている（ミハイル・アルドフの談話。『旗』二〇〇六年四号参照）。

（十二月二十九日）

『レクイエム』はどうしましょうか？　編集部に渡すかどうか、渡すならどこに？　とＡＡに聞かれて、トヴァルドフスキイの『新世界』にと答えた。「ソルジェニーツィンを出したんですから」。（『覚書』）

一九六三年一月二十日　アフマートヴァが『レクイエム』のタイプ稿『新世界』編集部に渡して戻される。（『最後の詩人』、一一二九六）

（一月三十日）

重大ニュース。ＡＡがデメンチエフ（当時『新世界』次席編集長）に見てもらおうとして『レクイエム』をカラガーノヴァに渡した。。うまくいかないのではないかと思う。出るどころか編集員がタイプで増刷りして町中に出回るかもしれない。それはいいとしても、国外に出てニューヨークまで行ってしまったら、そうなれば……そうなれば災難だ。『ジヴァゴ』のように。（『覚書』）

（二月二十二日）
アンナ・アンドレーエヴナはいま『レクイエム』のタイプ稿を沢山もっていて、気前よくばら撒いている。〈……〉「いままで生きてきてよかった。『レクイエム』が広まり、『詩篇（主人公のいない詩）』を書き上げ」とアンナ・アンドレーエヴナが玄関まで送ってきて言った。「これ以上何が要るっていうの」。（『覚書』）

一九六三年　冬から五月にかけて『レクイエム』流布。（『最後の詩人』二―三九七、ゴルバネフスカヤの証言）

一九六三年春　ユーリイ・オクスマンが『レクイエム』のタイプ稿を米国のスラヴィスト、キャサリン・フォイヤーに渡し、米大使館からG・ストルーヴェに送付される（『最後の詩人』一―三五一、二―四七二から四七三）。ストルーヴェが入手した『レクイエム』タイプ稿に「一九六三年一月『新世界』編集部に手稿渡すも拒否」との書込み。（「後書き」）

六月五日　ヴィボルグの税関検査で米国研修員からストルーヴェ宛オクスマンの資料が押収される。（『最後の詩人』一―四〇〇）。

八月五日　オクスマン逮捕。『主人公のいない詩』、『日記断章』、アフマートヴァとの談話記録など押収される。（『最後の詩人』一―三五七）

九月二十六日　アフマートヴァのメモ「ヨシフ、ヴァロージャ・コルニーロフ、ユーリイが私のことで相談」。（『手帳』三九九頁）

十一月に中央員会イデオロギー部門に届いた手稿資料リストに（キャサリン・フォイヤーを通じてストルーヴェに渡った）『レクイエム』はなかったようだ。挙がっていたのはV・アクショーノフ、N・グミリョーフ、ヴィグドロヴァのブロツキイ裁判速記録、オクジャワ、パステルナーク、スターリン宛ラスコーリニコフの手紙、スルーツキイ、ソルジェニーツィンなど。（『最後の詩人』、一－四〇四）

十月二十一日　ストルーヴェ、『レクイエム』タイプ稿を出版社主G・ホダセーヴィチに渡す。

十一月二十七日　『レクイエム』（初版）「著者に報告なく」ミュンヘン在外作家協会より刊行。表題「レクイエム」、S・ソーリン画、一九一三年のアフマートヴァの肖像。（「後書き」）

十一月二十九日　『夕刊モスクワ』にヨシフ・ブロツキイに関する記事「文学界の寄食者」が掲載される。（『最後の詩人』、一－三五二）

十二月二十五日　ソヴィエト作家同盟レニングラード支部でブロツキイに関する全体審理。（『最後の詩人』、一－三五二）

十二月二十六日　アフマートヴァがチュコフスカヤにミュンヘン版『レクイエム』を提示。（『最後の詩人』、一－三五〇）

（十二月二十八日）

彼女は手提げバッグを開け、本を取り出して私に見せた。白地に黒い枠の詩集、白い表紙に大きなはっきりした文字で「アンナ・アフマートヴァ／レクイエム」とあった。

私は手が冷たくなって心臓が止まりそうになった。標題紙に「在外作家協会。ミュンヘン。一九六三年」。ミュンヘン。どうしてまたミュンヘンで？　だけどそんなことはどうでもいいのでは？

このとき私の眼の前にどっと浮んだ。噴水邸とペチカの傍のひしゃげた肘掛椅子、乱雑さ、つぶれた枕の上の解かしていない髪の毛、灰皿の炎、端が燃え折れ曲がる紙切れが、灰とあの一九三八年が。

いま彼女の言葉は灰の中から蘇り、ごくありふれた日常の普通のものになった。世界に詩集は百万冊、否、もしかしたら十億冊！　そこに一冊加わる。もう一冊、それだけのことだ。」

（『覚書』）

（一九六四年一月）

アンナ・アンドレーエヴナは一瞬、厚紙の手帳――楽しい科学の家から噴水邸に入る通行証を差し出した。「気が付いた？」「職業」欄には白地に黒く、アフマートヴァ、アンナ・アンドレーエヴナ、住人と記されている。〈……〉彼女はこの写真を自分の『レクイエム』のタイトルページに入れたかったのだ。（『覚書』）

一九六四年三月末　海外からミュンヘン版『レクイエム』の書評（О・アンスチェイ「黒い年」、『新しいロシアの言葉』、一九六三年十二月十五日）がアフマートヴァのもとに届く。（『最後の詩人』一―三六三から三六五、二―四八二）

一九六四年夏　ストルーヴェがアフマートヴァに『レクイエム』送付。一年後、ロンドンの面談でアフマートヴァから自筆の修正入り版本入手。それに基づく修正版『レクイエム』が一九六五年国際作家協会発行作品集第一巻に掲載。（「後書き」）

一九六六年三月五日　アフマートヴァ逝去。

一九六九年　ストルーヴェが後書きをそえて『レクイエム』二版発行。表題「レクイエム一九三五年―一九四〇年」、A・ティシュラー画、アフマートヴァの肖像（一九四三年）。（「後書き」）

邦訳文献

安井侑子「アンナ・アフマートワ――ソビエトの女流詩人たち（第三回）」『中央公論』、一九七〇年一号

野崎辰雄（真立）『鎮魂歌・ペルシャのモチーフ訳詩集』シンキョウ社出版部、一九七三年。

江川　卓「鎮魂歌《レクイエム》」（『集英社版世界の文学37　現代詩集』）、一九七九年。

武藤洋二『詩《うた》の運命―アフマートヴァと民衆の受難史』第四章「鎮魂歌」、新樹社、一九八九年。
草鹿外吉「レクイエム一九三五年―一九四〇年」(『現代ロシア詩集』、世界現代詩文庫18　自由を求めたロシア詩人たち)、土曜美術社、一九九一年。

安井訳では「4 お前に見せてやりたいものだ」、「5 十七箇月というもの叫んでいる」、「6 軽やかに幾週か過ぎて」が欠けていて、江川訳とともに底本が記されていない。草鹿訳は『詩人会議』一九七二年四月号に掲載されたものだという。野崎訳は、ポセフ社(フランクフルト刊行)の一九六四年版レクイエムの露・独テキスト、武藤、草鹿訳は、国際文学協会(ワシントン・フランクフルト刊行)の一九六七年版二巻本作品集のテキストが使われている。

全体として邦訳の底本は、「5」の九行目の訳語「埃まみれの花」(安井)、「花さえ　埃にまみれ」(野崎)、「ほこりをかぶった花々」(江川)、「埃を被った花」(武藤)、「ほこりまみれの花束」(草鹿)や「エピローグⅡ」十九行目の訳語「追善の」(安井)、「追憶の」(野崎)、「追善の喪の」(江川)、「追善の」(武藤)、「命日の」(草鹿)からみて、いずれもソヴィエト国外の版本が使われているようである(「5」「エピローグⅡ」の異文訳注参照)。

主要参考文献

武藤洋二『詩の運命―アフマートヴァと民衆の受難史』、新樹社、一九八九年。
ACUMIANA Встречи с Анной Ахматовой, тт. 1-2, YMCA Press, 1991-1997.

Записные книжки Анны Ахматовой (1958-1966), Giulio Einaudi editore, Москва-Torino, 1996.

Нина Гончарова, «Фата либелей» Анны Ахматовой, Москва-Спб., 2000.

А. Я. Разумов, Дела и допросы. II. «Вот это действительно правильно»: К делам обвиняемого Льва Гуилева, «*Я всм прощение дарую...*» Ахматовский сборник. Сост. Н. И. Крайнева, М.-Спб., 2006.

В. А. Черных, Летопись жизни и творчества Анны Ахматовой 1889-1966, изд. 2-е, Индрик Москва, 2008.

Лидия Чуковская, Записки об Анне Ахматовой, тт. 1-3, Москва, 2013.

Анна Ахматова, Первый Бег времени. Реконструкция замысла, Издательская группа «Лениздат», Спб., 2013.

Роман Тименчик, Последний поэт. Анна Ахматова в 1960-е годы, изд. 2-е, тт. 1-2, Мосты культуры, Москва / Гешарим, Иерусалим, 2014-2015.

著者　アンナ・アフマートヴァ

1889年、オデッサに生れ、北の都ペテルブルグの近くで子供時代を過す。若くから詩作を始め、夫となったグミリョーフやマンデリシュタームとともに20世紀はじめのロシアを代表する〈アクメイスト〉の詩人として高く評価された。1917年の革命後はグミリョーフの銃殺や息子の逮捕、マンデリシュタームの流刑地での死亡などの数々の苦難にみまわれ、1946年には自らも退廃的詩人という烙印を押されて完全な沈黙を余儀なくされた。スターリンの没後は詩集も刊行され、アイザイア・バーリンとの対話などを通じて広く西欧にも知られる一方、ペテルブルグ派詩人の生き残りとして晩年にはブロツキイらの若手の才能を見出し支える存在でもあった。1966年3月5日、モスクワ近郊のサナトリウムで没。

訳者　木下《きのした》 晴世《はるよ》

1971年3月大阪外国語大学ロシア語学科卒業。1974年4月より京都大学事務補佐員、2012年3月退職。訳書に『アフマートヴァ詩集～白い群れ・主の年』、ナイマン『アフマートヴァの想い出』（共に群像社）、『おおばこ』、『ロザリオ』（共にリトルプレス）、『ロシア原初年代記』（共訳、名古屋大学出版会）。

群像社ライブラリー　37

レクイエム

2017年9月29日　初版第1刷発行

著　者　アンナ・アフマートヴァ

訳　者　木下晴世

発行人　島田進矢

発行所　株式会社 群 像 社

神奈川県横浜市南区中里1-9-31 〒232-0063

電話／FAX 045-270-5889　郵便振替　00150-4-547777

ホームページ http://gunzosha.com Eメール info@gunzosha.com

印刷・製本　モリモト印刷

カバーデザイン　寺尾眞紀

Ахматова, Анна

РЕКВИЕМ / ТРОСТНИК

Akhmatova, Anna

REQUIEM / REED

ISBN978-4-903619-80-4

群像社の本

アフマートヴァ詩集　白い群れ／主の年　木下晴世訳

戦争と革命の嵐が吹き荒れる20世紀のなかで度重なる苦難を耐え抜き沈黙を強いられたときも詩と共に生きぬいたロシアを代表する女性詩人。叙情的詩の世界が政治によって圧殺されてゆく時代を前に、自らの精神的営みを言葉に紡ぎだしていった初期二篇。

ISBN4-905821-61-4　1800円

アフマートヴァの想い出　木下晴世訳

叙情的な詩で多くの読者を魅了しながら革命後は数々の苦難にみまわれ、晩年は定まった住所すらもたず死を迎えるまで民衆の苦難の運命をつづる長詩を書き続けた女性詩人が語る独特の人物評や文学論をブロツキイ事件の日々を共に経験した現代詩人が回想する。

ISBN978-4-903619-26-2　3000円

*

ヨシフ・ブロツキイ　私人　ノーベル賞受賞講演　沼野充義訳

詩人という現代の孤独な少数者にとって、残された最善の行為は良い詩を書くことであり、その詩の言葉に目を向けず、人びとの口をついて出る決まり文句に水準を合わせる社会は、やすやすとデマゴギーと暴政にひざまずく——。社会という名の多数派のなかで生き続けた私人＝詩人の小さく重い言葉。

ISBN4-905821-75-4　800円

ヨシフ・ブロツキイ　ローマ悲歌　たなか あきみつ 訳

白い紙の真ん中に置かれた黒い言葉の塊。それは世界の中の人の大きさを思い出させる。その言葉によって「永遠」と「一瞬」が、「古代」と「いま」が停止して詩集となり、読まれることでそれはまた動き出す……。ヴェネチアに心酔したブロツキイが詩に刻み込んだローマ。

ISBN4-905821-77-0　1000円

※価格は税別

群像社の本

マンデリシュターム詩集

石 エッセイ **対話者について** 早川眞理訳

アフマートワとともにロシア詩に新しい時代を開き、ノーベル賞詩人ブロツキイが自らの「光源」と呼んだ詩人の第一詩集。言葉を石とする詩の建築が20世紀はじめの時代の亀裂に伸び上がる。パウル・ツェランに大きな影響をあたえた詩論エッセイを併録。

ISBN4-905821-45-2　1800円

トリスチア エッセイ **言葉と文化　毛皮外套** 早川眞理訳

過ぎゆく時代の言葉を死に追いやる新しい時代が文化的飢餓状態におちいっていくなかで、ロシアの原点プーシキンや古代ローマのオウィディウスに光をあて現代化する詩の発掘力がもつ美しい言葉。首都ペテルブルグの死滅を予感しつつ、言葉の使命と時代を見つめた第二詩集と二つのエッセイ。

ISBN4-905821-62-2　1800円

*

中平耀 マンデリシュターム読本

ブロークは聴いた、マヤコフスキイは見た、マンデリシュタームは詩を生きた——。20世紀ロシアの銀の時代を代表する詩人を熟読玩味してきた日本の詩人による詩を読むための道案内。処女作から遺作まで百余篇の詩と読書の楽しみと深みにひたる『神曲』論「ダンテについての会話」をおさめた詩人と読者の詩による対話。

2002年小野十三郎賞特別賞受賞　ISBN4-905821-09-6　3000円

鈴木正美　言葉の建築術—マンデリシュターム研究１—

スターリンによって粛清された「流刑の詩人」という固定化されたイメージから離れて、20世紀を代表する詩人の創作の出発点となった詩を読み返し、テクストそのものとひたすら向かい合うことによって生まれたマンデリシュターム研究の成果。日本初の本格論集。

ISBN4-905821-60-6　2500円

※価格は税別